JN221272

はいくエックス

HAIKU-x

夢みる夢子

YUMEMIRU Yumeko

文芸社

はじめに

活字となって世に出た俳句は、もはや自分の手を離れ読み手次第となるものである。

読み手は、５・７・５の言葉を頼りにその想像を膨らますのであって、目の前にその情景がまざまざと思い浮かぶのが俳句というものである。このことを考えても俳句の５・７・５という短い世界が、いかに奥深いものであるかということが解る。

新年・春

あめつちのおはします謹賀新年

初釜や花は野にあるやうにあり

初茜未来へと続く風ありき

お正月どの家も御馳走初め

手話の手のはずむ声かな初電車

宇宙の「う」広ごるやうに初明り

身を寄せて駅ピアノ聞くお正月

外に出でて千代の七種摘まむかな

土竜（もぐら）打（うち）谷行けほい山行けほい

少年は春泥を真(ま)直(す)ぐに進む

腑の蔵へ確かに落つる七日粥

名無きものに皆名のあり春の山

朽ちたるが舟のかたちに水温む

ひともとの香や馥郁と野梅かな

校庭に多花咲きほこる赤椿

下京の雨は柳へ滴りぬ

白梅の只一輪の匂ひかな

凝るまでこの春の野を翔やうか

春 光 を 我 が 物 顔 の 鳥 の 群

遥 な る 山 の 名 や 残 雪 の 富 士

暮 れ か ぬ る 空 を 喜 ぶ 鴉 か な

約（つづま）やか登れば下る遍路道

野に臥せば草という草暖かし

人の歩を緩めてみせる初蝶は

野遊びをぐるぐるめぐる睡魔かな

鳥雲に入りても見遣(や)る彼方かな

落としもの拾つてくれた手桃の花

芽起こしに濡れてますます蕾かな

万華鏡千に揺るるは若柳

北上の途中御室の桜かな

絡(から)ぐれどなほ飛び跳ねし春の泥

店先に今日は溢るるスイートピー

古里の胸に住みつく桜かな

我勝ちに水の先ゆく春田かな

田に己が写りて返す乙鳥かな

双葉よりすでにレタスの貌のあり

八寸に盛れば一品白魚かな

虎杖（いたどり）を少しつけ置く流し水

吾が一生同じ桜が見てゐたり

鶯 は 人 来 人 来 と 鳴 き 暮 ら す

指 先 へ 生 め か し き が 春 の 水

桜 下 小 舟 の 運 ぶ つ の か く し

—ウクライナ—

空 へ 阿 鼻 叫 喚 と 描 く 夏 隣

こめかみを息づいてくる春の息吹

ふ だ ん 着 で 坂 を 登 れ ば 桜 狩

ものの芽のものの形に膨らみぬ

山笑ひつつ岬の先へかけてゆく

まだ見ぬを花の便りでききし頃

一人で来たの？隣の犬春風

めくれば四月やガン検診と丸

歯をたててきりりとかじる桜餅

その先へ行く春の切符手に入れて

吾子の手へ色の移りて桜貝

酔へば尚花の雲なるあやしさよ

籠に待つ文鳥に摘む繁縷かな

酢めしまぜなんのこともなし春の夕

山の辺の暗きを照らすあしびかな

ひな菊の摘まれて稚子の手にふるる

君のいる理由が好きと潮まねき

砂浜をざりざり進むがうなかな

すかんぽを吸ひつつゆくや峠道

ほら蓬餅とさし出す手の百寿

何処へでも飛んで行きなさい蝶々

のどけしやあくび猫の目細くなり

うたれ上手なんて言われ春の草

ランドセル走つてくる音花水木

花籠を満たして春の小草かな

昨日の僕ではないと木瓜の花

満開の桜を添へて雑木山

居眠りを根こそぎとられ春の雷

まごまごと切符買ふ地下四月馬鹿

坊の手を放れあと少し蝶々

一年生さながら春の鳥の声

見上げるも見下ろすも吉野の桜

小手毬のいよいよ花の地につきぬ

転た寝を遠くかすかや百千鳥

櫂させば自在に動く花いかだ

籠の中出るよ出るよと子猫かな

海 女 の 息 共 に あ が り し つ ぶ の 数

引 き 潮 の 時 を の が さ ず 馬 刀 を 打 つ

蛤 に す か さ ず か け る 醤 油 か な

遠足の子ぞくぞく来て横断す

畑の隅茗荷竹かと身をかがむ

静かなれどいつしか濡れて春の雨

一介の農夫に数多春の光

貧乏もけつこう野栗鼠をみたり春

山ひとつ包みて淡し木の芽かな

春 黎 明 も う 早 来 鳴 き 雀 か な

香 の 強 き 命 と み ゆ る 夜 の 梅

つ ば く ろ の 無 人 の 駅 に か よ ひ け り

引鶴の尾を引く声の点となり

かしましや庭で砂あぶ雀の子

こち行けと柳のたるる旅路かな

早ばやと燃えて楓の芽のたちぬ

流れよりふと山葵田へ水たひら

嗚呼春なれば打ち捨てよ何もかも

どこからと云ふに云はれず風薫る

綻べどもう繕はぬ老桜

熊蜂のたぶんこれはね戦闘機

天降(あも)り来る我もひとつの春の鳥

住所海も山も桜もあるところ

なだらかに空を隔てて春の山

早蕨を追うていつしか迷ひ道

桜下王手と指し来笑ひ声

グリコと階段を降りてわするなぐさ

いつまでも子供の声や遅日かな

動き出しくがしになりて蝌蚪生まる

阿と云えば吽と桜の開くとき

夏

人の貌裏も表も水からくり

惚けても嗟ほととぎす鳴きにけり

雨の後十八番（おはこ）を唄ふかたつむり

真つすぐな矢を打て真つすぐな葭切には

日の透過してくる刹那新樹かな

手に取れば肌にさし来る芒種かな

半分は来たかしら海の日の山

古寺へ降り降り埋む蟬時雨

野苺につまさき立ちて手を伸ばす

草の世を少しはみ出て子かまきり

立ち話たまの大事や夏の雨

泣いても笑うても一生時鳥

つと膝へ打たれて虻の地に落ちぬ

さみだるを濡れてゆく人ゆかぬ人

ちゃんづけで呼ばれゐし日高遊遊

溶けゆくも海月かすかに海のいろ

蟻の背を流るるやうにビスケット

寝がえつて団扇とる手の闇の中

蟬生まるいとけなき身の動くまで

さざめけば木陰の深し花は葉に

へこ帯を括(くび)れば稚子の夏祭

初めから濡れるつもりの水遊び

山間（やまあい）に声の透き徹る河鹿住む

真青なるくちびる笑ふかき氷

ボンネット打つ夕立の為のエチユード

昼すぎて寡黙ばかりの大暑かな

一 瞬 の 記 憶 の 形 状 原 爆 忌

里帰り父の瓜切る端居かな

踏み切りのリズム真昼の炎天下

つい本音するりと金魚逃げゆけり

麦畑渡る風なる凹かな

御旅所のいまかと出を待つ神輿人

積みあげて又積みくずす卯波かな

喜雨の朝農夫言福足音か

今まさに翼を持ちぬ朴の花

あなたにも涼し吹く風のみずいろ

バスの窓右へ曲れば大西日

烏賊釣の灯（あかり）を照らす闇夜かな

骨壺へ父を拾ひし夏の果て

一時を蟬時雨ばかりこの世かな

島唄をかすかに聞いた浜昼顔

いろいろな青の中でも矢車草

手に沿ひ来蛍やきっと君だろう

鵺（ぬえ）という風なき夜を聞かば啼く

無惨やな畑の菜を打つ氷雨かな

癌告知静かに桐の花匂ふ

蜘蛛の囲を金より光る雨の粒

打ち水の形に陣地広がりぬ

やがて又冷えてゆくなり日向水

日の匂たちて夕立の始めかな

目出度しで終はらぬことも桜桃

清冽と水面にありし清水かな

虹のたつ一条水の落ちどころ

水底をこんこんと透過す泉

夏草や年々深き荒屋かな

瓦へと風に由々しき花芭蕉

夏にたてば窓より入るる風も又

水打てば命ふくらむ花の数

降るる程あびる夕焼蟬時雨

ミサイル発射などと物騒夏野かな

もの言はぬが風鈴の風よ吹け

蛍より蛍袋の蛍かな

再成の糸を繰り出す女郎蜘蛛

降りたてばお国言葉や夏つばめ

茎あちこちに向くさくらんぼトレー

滝壺やすぎたる程の冷気かな

伽羅蕗のさらさら流す茶づけかな

蓬生へこごもる人の二三人

いかづちに体の解けぬ深夜かな

音たてず飲むスープ緑蔭のテラス

とりあえずビール今日の仕事の味

鳥 獣 の 山 又 山 や 花 空 木

往 来 の 船 の 記 憶 や 海 紅 豆

濡 れ た ま ま の 髪 浜 の 氷 苺

水 中 を か ら め て 夏 の 光 か な

ところ天つき出してくるる店主かな

血のたぎる音やも知れぬ酷暑浴ぶ

夏休み不在通知書のあるポスト

やはらかく梅干包むにぎりめし

うすうすと空にとけゆくねぶの花

物問へば蟬かなかなと鳴く日かな

屍の只土のいろにて青蜥蜴

憤る子かまいてくるか時鳥

竹簾透すこの世の遊びうた

窺うて蜥蜴きてをり母屋の隅

ひとり居のめくるめく夜や溽暑かな

流れゆく雲のやさしき晩夏かな

一日を剥きてひさぎし蕗の把

気なるもの熟していたり夏嶺かな

団扇背にさせばたちまち輪の動く

舟虫の径が展けてゆく感じ

淋しいか等とは啼かぬ時鳥

葛切のうすうす透す日和かな

夏の果て鄙ぶる髪を束ねをり

何度でも谺に遊ぶ夏休み

苔の花どつと艶めく通り雨

虫干に何と見返す栞かな

捜しものあるやも知れず大夏野

奥行へ次々点る蛍かな

老鶯も鳴けば世少し明るけれ

通過する窓にも匂ふ椎の花

嵩がふと低くなる死や溽暑かな

秋

菜箸のころころさばく芋煮かな

少し虚ひぬ間があり秋の暮れ

一菜に丁度間に合ふ抜き菜かな

魚の目をみつめてゐたり終戦日

遊ぶ子の伽藍に徹るひよんの笛

ゆるゆると夜長家居に足伸ばす

山の辺の急な登りや新松子（しんちぢり）

草臥たと思うて一日鰯雲

夜を免れぬ蟋蟀たちの声

零余子転げてゆきぬ生まるるところ

奇人変人かもポンと鹿威し

飛行機雲天心下弦の月

天福と云ふものひとつ黒葡萄

草の絮あとは風待つここちかな

一夜ごと名を変えつつも今日の月

鴨の群こちらとみればあちらかな

笑い声通り抜けたる良夜かな

日の急いて暮るるが秋の夕焼かな

待つ宵はどうしても歪なかたち

夕暮れておどろおどろのかまつかか

ふしくれて月の出を待つ大樹かな

桃ひとつ水押し分けて浮びける

射抜かれてふと見上げたり秋の月

草の戸へ聞きに来よこの虫時雨

虫集（すだ）く声のはげしき闇夜かな

あの燃えてゐるやうなのが七竈

戦争を打て屍なるこの猪のやうに

大窓や月の匂ひの厨にて

人の終へてつくつく法師絶唱

悪怯れず小鳥の盗むその仕草

魂祭正座がひとつ痺れをり

明るきも暗きにも鳴く虫の夜や

昨夜（よべ）の雨残して光る白露かな

軽ろやかに落ちて添水の続きかな

かしの実が語れば長き話をし

野のものは健やかに伸び露しとど

かたくなを一つ結んで鬼胡桃

秋惜しむもうすぐ火星に住むと云ふ

ひようと揺れひよいと戻りて糸瓜かな

人の家の朝顔にたち寄る日課かな

とんぼうのつーいどこから降りてきた

ひたぶるに蔓の伸びゆく南瓜かな

鶸（ひわ）たちて傾ぎし枝の戻りゐる

紅葉づれば山の眩しき裾野まで

閂を掛ける裏戸やつづれさせ

悠久をほんの短き浮塵子かな

塩梅の濃からず丁度菊なます

毎年のこの木よ栗踏め栗踏め

秋霖のいつ止む空と見上げゐる

鹿飲むところ水のささやくところ

詩のやうにがりりとかじる檸檬かな

さやと吹く風に止まれば赤とんぼ

団栗が好きな御饒舌（おしゃべり）懸巣の来

幼子の手を放るるや木の実独楽

逃げるとも戻る早さや稲雀

松籟の戯るところ夜半の月

稲架(はざ)の木を打てばカンとな土の音

鎖骨へと転がり落つる秋の風

挙（こぞ）りて帰る鴉や秋夕さり

銀杏降るこのまばゆきを言ひ得るか

死ぬるな死ぬるな木啄鳥大叩き

降り立てばおもちゃ箱かな轡虫

魂祭ただいまーと実家へあがる

違ふ唄うたへば終戦記念日

小豆引くがさがさ嵩の大きけれ

血の雨が七日七晩原爆忌

掛け足の音やも知れぬ秋の風

鳩吹けば記憶をたどる音ありき

澄み渡る空のかけらかと月草

亡き人をきれいな風に吾亦紅

とんぼうの水の輪ひとつふたつみつ

身のひとつ死んでゆくなり烏瓜

しなやかを欠いて目覚める冬隣

一山を鯛つつむ在所かな

庭の手水にや月捕まへてゐし

B級の林檎を箱で買ふ身なり

熟柿まさぐる皮一枚のあやふし

穏やかに雲住む湖沼渡り鳥

何ひとつ持ちて死ねぬよ鳳仙花

カーテンを閉めるついでやすがれ虫

間引菜へ少し迷うて指の先

ひとり言（ご）つから紅の秋夕焼

指引けば平たくなりし鰯かな

群れて朱暮れても紅に秋茜

椋鳥の口のうるさき一樹かな

一人乗れば月に引かれゆく小舟

小荷物の名前の嬉し桃届く

音もなくスイと人切る芒原

そよげば緑吹けば千にとんぼう

朽ちかけて落ちたるが香や花梨の実

天にある通草を狙ふ鴉かな

大猪を嬉しがらせるぬた場かな

灌木を塒（ねぐら）に居たり鉦たたき

果てなと思う節あり老人の日

十五夜に起きて居たいと泣く子かな

あの丘までが遠い田の案山子かな

冬

水の輪にすぐに戻りてかいつむり

転ぶよに遊ぶよにふくら雀かな

寒の入春を育ててゐるところ

室咲きのまだ匂はざる出荷かな

魔界転生夜鳴き蕎麦屋の灯（あかり）

明るきを風吹き遊（すさ）ぶ枯野かな

波の背へ押し上げられて都鳥

冬天をまたたき通すものの声

寒禽の散々遊ぶトタン屋根

切りとりて暦戻らざる春隣

蓮の骨風を通して啼く日なり

かじけ猫人のうわさを聞き殺す

寒林の何もまとわぬ潔さ

花となり鳥となりする百合鷗

桜島北北西の冬日かな

赤い目が合点している兎かな

風呂吹のまだ形あるへ箸の先

軽がると地蔵に積むや暮雪かな

むささびは滑空木精(きじむな)は陰影

荒海を飛ぶは我が名や冬鷗

助走なく羽搏き立ちぬ寒鴉

冬木立木の間木の間のさす光

時経てば日陰がこいし日向ぼこ

ととのうて今口ひらく冬牡丹

霙ふるちぢみて畑の青菜かな

背なかより鼻に抜けたる湯冷めかな

嗄れの由々しき声の猟（さつ）男（お）かな

日めくりにまだ大寒残る金曜日

粉雪や終へるまでの名と思ふ

背も腹も暖めてゆく焚火かな

裸 木 へ 風 を 窺 ふ 鴉 か な

冬 林 檎 ひ と お つ ず つ の 御 裾 分 け

ふ く ろ ふ の 口 き く 時 の 空 似 か な

かけ違ひボタンの位置や返り花

ことさらを退屈と思ふ枯尾花

浅瀬にて石積み遊ぶ春隣

はぐれ猫のそりと向ふ日向ぼこ

荒涼を日毎夜ごとの冬田かな

冬地蔵一円玉の嵩たかし

一振りの塩でつけたる蕪かな

啼き乍ら啄み乍ら寒雀

世の中の右も左も見たふくろふ

埋火の朝まで眠る漁家の宿

軽ろやかに箒が寄せる落葉かな

ものの皆ならひの中や竜飛岬

寒鴉泣かぬ目玉を置いてゆく

我が身よにくしやみ鼻みず咳の夜や

羽の音がすでに来てをり枇杷の花

老ゆる顔何気に慣れてポインセチア

毛糸編む人差し指のよく動く

あけぼのを目覚めたばかり浮寝鳥

戸を訪へば追儺の豆の飛び出しぬ

吾が面を割ればひび入る氷面鏡

移植するもの庭にいじりて四温

魚（な）も菜も穫りて冬越す農夫

木枯や散りぢり鳥の行方かな

時くれば事切れて嗚呼寒椿

枯草の何気に焼べて尚よもぎ

声あらば光ある内冬鷗

ふるまひの手から手へゆく根深汁

無辺より雪の花咲く闇夜かな

フーと吹き冷ましてからの大根焚

冬の暮れ運転手のみの路線バス

口 笛 を 吹 け る な ん て ね 冬 の 鳥

今 日 の 日 を 回 し 入 れ た る 葛 湯 か な

起 き 臥 し の 鼓 動 の 音 や 日 脚 伸 ぶ

冬至湯に凡(すべて)解けゆく今年かな

片方の曲がれば曲がる番をし

急ぎ出す切手の歪年の暮れ

明星の光さ走る夕千鳥

もうすでに来てゐる未来黄水仙

家猫の襖を開けるクリスマス

たわいなき話を種に餅丸む

猪狩や火薬の匂ふ人通る

降る雪の音のしてくる深夜かな

うかうかとしている間の年越し

大晦どの家も灯の大きけれ

行きて又還（かえ）らひみるや狐かな

終わりに

俳句を作るにおいて、いつも心にあるものは、俳句とは特別な人の為にあるものではなく、ごく一般の普通の人々にこそ読まれるべきものだということである。

普通の人々の、日常の中の出来事と、言葉を共通のツールとして共感を呼びさまし、人々の心を豊かにしてゆくものであること。

人には心があって、それを現す言葉という形がある。自分のやっていることに意味はあるのかと時折自問するが、ひとつの可能性がここにはある。

それは、私というものにこだわるが、いつか
私ではないものに倒達する……ということ。
……いつか。

著者プロフィール

夢みる夢子（ゆめみるゆめこ）

1953年生まれ。
京都出身、和歌山県在住。
2015年　自費出版「夢みる夢子の田舎暮らし『ヘブン自然農園』」
2015年　自費出版「夢みる夢子の田舎暮らし『夢のつづき』」
2016年　自費出版「夢みる夢子の田舎暮らし『ヘブン自然農園』」第2刷発行
2018年　自費出版「夢みる夢子の田舎暮らし『その実践』」
2021年「KANOMONO」（文芸社）
2022年「SUPER MOON」（文芸社）
2022年「HAIKU-O_2」（文芸社）
2023年「HAIKU H_2O」（文芸社）
2023年「菜園のススメ」（文芸社）
2024年「坊津礼賛」（文芸社）

HAIKU-x

2024年10月15日　初版第1刷発行

著　者　夢みる夢子
発行者　瓜谷 綱延
発行所　株式会社文芸社
〒160-0022　東京都新宿区新宿1－10－1
電話　03-5369-3060（代表）
03-5369-2299（販売）

印刷所　株式会社平河工業社

ISBN978-4-286-25782-2